陶博吾行楷詩稿

博吾自署

江西美术出版社

陶博吾，一九零零年出生于江西省彭泽县定山乡株树垱（现彭泽县定山镇红光新村）。早年读私塾，再学农、务农，后赴上海求学，就读于昌明艺专，诗文师从曹拙巢，书画师从黄宾虹、潘天寿等人。一九三八年为避战火，携家眷逃离家乡，一九五零年定居南昌。先后被错划为地主、右派、现行反革命。一九七零年被遣送新建县大塘西庄劳动改造，饱受磨难，一九八零年始得平反昭雪。晚年以书画自娱，一九九六年六月无疾而终，赣人敬之，葬于南昌翡翠岭之卧龙山。

陶博吾学识渊博，多才多艺，被世人誉为二十世纪最具影响力的书法家和画家之一。诚然，把陶博吾确认为书画大师自无非议，但这并不足以表明他对中国文化的全部贡献，因为他在古文字学及文学方面的成就更高，尤其文学贡献更大。但由于历史原因和传播上的错位，陶博吾的文学作品未能面世，从而导致他最辉煌的一面被掩盖——其文学价值和学术价值被忽视。我们这次出版陶博吾的部分文学作品，其目的就在于让人们更加全面地了解他，把目光从他的书画作品上移开片刻，去审视他的文学价值，也正是这一价值支撑着他的书画艺术！

陶博吾生于晚清，长于民国，生活在当代。他所处的时代正是中国社会发生动荡、民族文化发生变革的时期。新文化运动带来的根本变化是中华民族语言形式的转变——白话文逐步替代了文言文。新中国成立后，中国大陆多次对汉字进行改革，简化汉字逐步替代了原有汉字。在这种文化背景下，陶博吾的书写就不可避免地呈现出多样性和复杂性。此外，由于陶博吾的作品在文革中基本被毁，所以留存下来的作品都是晚年凭记忆整理书写，且受目疾所困，整理过程之艰难可想而知，我们不能苛求一位『几近于盲』的九十多岁老人。因此，我们影印出版陶博吾原作，原则上保留原作原貌，只在释文中做了修订，说明如下：

一、《博吾诗存》自序有删节。

二、《题画诗抄》自序有删节。

三、对原作中之繁体字、异体字，释文全部统一为现代简化汉字；

四、对原作中漏写处，我们在释文中增补，并注明。

五、对存疑之字，在释文中修订并说明。

本次出版得到了陶博吾家属的支持和授权，我们对此深表感谢！

江西美术出版社

二零一三年九月

陶博吾行楷詩稿

鰕魚圖

不讀詩書不種田一竿

來往大江邊鰕魚釣

得二三尾又有發春買
酒錢
　水仙牡丹
移來牡丹如盆大又買水

似傍石頭顏色不同天
賦予深紅潔白各千
龝

雪夜感懷兼寄總

挽同仁

七年來上先人墓千里

誰憐行路難滿眼荒

丘埋雨雪全家之瘦骨共

飢寒詩畫敢說千秋後
奔走曾無半畝寬舊友
音書何日到危樓空望
夜漫漫

臘初與翼予尋梅龍
集寺某僅初萼臘盡
余獨往則花已滿樹
矣而翼予遠在丿永新

不能同賞慨然有懷因
以見寄
與君尋梅花未開人今日花
聞君已去花開能有幾

多時再東空見某花樹
始知人事多舛錯未若
梅花有真樂松為友兮
竹為鄰風月何曾傷離

索窗前月冷憶君時更憶

梅花開滿枝某既不解事

君來無定期一夜東風吹

石裂愁懷何以慰相思

此五十年前所作當時與
翼予尋梅吉寺吟詩和
韻樂何如之今翼予遠在
台灣不知尚健在否人事

滄桑能不淒然

瓜果圖

微風自南來園中瓜果熟

摘果市賣剖瓜以為術

豈不慕膏粱自甘居窮促
回首看飢民日夕門前哭
老頭陀
老頭陀拜如來蒲團打坐

謀自在刀兵殺戮渾不管
無室無家無罣礙老頭陀
快修行快齋戒倘能蛻化人
身為飛鳥自翱翔長向九天

外巢居露宿粟帛兩忘耶

時方得真自在

示兒輩

余本出寒門攜兒事農圃粗

糲無兼味衣服半襤褸粗
糲亦何爲襤褸亦何悲安貧
樂道者在昔余多師大雪黑
夜來狂風入敗户兒看食蕨

人乃知是真苦

讀杜甫詩有感

奔走不忘戰死骨流離長

痛破山河放情縱筆兩千首

墨點無多淚點多
參觀八大山人書畫展覽
痛哭非時笑亦非為僧為
道兩徘徊任他墨點千行淚

難洗家亡國破悲

匡廬積雪圖

匡廬多古賢往矣不可見

欲寫匡廬詩無由買筆硯我

餐匡廬霧我飲匡廬冰但願
冰消雪化洗盡匡廬塵使
我渾渾噩噩不識不知百年
長臥匡廬雲

蔬筍圖

莫厭園蔬無盡客莫嫌山筍老而醜此中一定有真味恥說朱門酒肉

臭
園蔬山笋斯亦足矣朱
門酒肉錦衣玉食豈吾
輩貧困之士所能望其

門情耶

醉石

石在虎爪崖下距栗里

約五里溪水繞之石上

題跡多剝落惟朱熹
書歸去來館四字尚明
晰如新
人醉石亦醉人歸石要痴

千龝萬歲後豈復有醒時

未遇淵明前可留一醉

吾問石石不語溪水自長

流
我到此石上來尋吐酒痕
酒痕不可見啼淚灑荒
村
石上有耳迹吐酒
痕俱見匡廬山誌

傷時

曲曲欄干曲曲迷纔陰漠漠

雨淒淒百家焚燬千家哭

屍滿郊原血滿溪楓葉

飄零黃菊冷蘆花蕭瑟白
雲低杜陵縱有傷時淚滿
目荒涼無處啼
放歌

渴飲匡廬之飛瀑飢餐羅
浮之香雪男兒寧肯飢餓
死不向東風訴淒絕春色昨
夜來桃李滿園開當時

無限好落地作塵埃人生
茫茫本如戲尊中有酒須盡
醉榮枯得失身外事士衡
乃為多才累

林煙蔽蒼翠樓閣半蔥蘢

雲影藏飛鶴溪聲雜亂

春逢僧過古寺采藥上危

峰莫惜歸來晚山深月正

灃

詠史

漢帝伐匈奴中原盡戈戟

雄兵數百萬所過無人迹

樹上掛人頭樹下遺骸積血
流草木腥染盡黄河赤謀
臣奇策多一鼓盪横逆壯
士凱旋歸金門賜玉帛深

夜起歌舞酒漿浮仙液九
月飆風冷暗暗月將夕白露
濕空林寒光照荒宅君臣
樂未央鬼哭在山澤功高

不補惠遺憾在簡策

同素吾泛舟蘋湖

停橈不繫舟隨風自來往

清蘋礙行舟索索發幽響

指點看前山白鳥倏三兩映
日自翻飛迎風多輕爽野鳥
何幽閒我亦無塵想仰首
一長嘯湖波盡浩漭

幽居

園林日無事
柴門懶掩關
偶尋野老話
時向白雲灣
翠竹岩前冷
青苔石上閒

歸途暮煙隔泉鄉音滿
空山
九月十四夜同素吾飲小
園中踏月坐孤松下流

光萬里羣動寂然狂歌
而返各記以詩
萬籟沉沉自静寂兩人對酌
山月白穩深露冷不知寒落

葉滿園聲簌簌酒酣耳熱
顏微酡踏月環走發狂歌
興高還來孤松下萬里銀波
夜若何松月婆娑更皎潔

漁燈已滅靜坐不
聞有人聲惟見洲前蘆荻
雪人生飄忽能幾日離別死
亡殊慘懍況復好景古無

多良辰幾見此豪逸君不
見仲尉詩句點染工天寒繞
屋生蒿蓬又不見榮公九十
行帶索獨生鼓琴殊寂寞

如何輞川林塘幽風清月白
任遨遊華子岡前聽犬吠
濤湖打槳逐飛鷗人生適意
而已矣身後之名竟何與孔

丘盜跖俱塵埃任他明月照
何處莫羨馮驩彈鋏歌莫
學夷齊首陽死但願春秋
多佳日長此相攜明月裏

病起作

一病累十日強起殊疏散瀟

林落葉飆風急鳥聲緩精

神日以疲腰肢日以懶十日未

攜鋤依圃草應滿

山行

一路陳篁繞徑斜漫山野

菊亞叢疊淡煙暮靄情

無聲靜坐楓林數落葉

臘月十七日夜可亭禪師

去後作

明月出松林流光照鬱蓊蕭

蕭北風动松擾月亦動老
僧殊靜默夜歸碧雲宅何
人共寂寥獨對梅花白
踏雪漫興

園林聲寂寂大雪翳黃昏獨
步向何處悠然綠水村疎某
倚曲澗白鳥宿沙壖翻笑袁
安拙蕭條自閉門

憶觀音洞寄同遊諸君子

昔聞觀音洞幽險杳難攀

今日同探訪果在白雲端洞

門如轉磴隱約隙篁裏斑

斑苔蘚生依依垂葛藟洞外何幽閒洞中何淒寂岩石何玲瓏流泉自點滴蹬道百餘步扶壁入洞底蕭然一老

僧蒲團生不起携手入禪堂
煮茗雯梵香數聲鐘磬動
穐老暮山蒼韶光如流隙人
生真過客勝遊能幾時回首

已陳跡洞裏泉自流洞外雲
自碧再來知何年惆悵空愁
積
寡婦

寂寞腸空斷淒涼鬢亂
垂可憐魂去後不見夢來
時屋漏悲風冷天寒穐草衰
山中薇蕨盡啼淚對孤兒

雜感

滿目狂風摧木葉荒涼何
處可棲遲操戈處處天地暗
采蕨家家濕淚垂縱有田

圍盡破落任他骨肉亦分離
從今始信無淨土一處河山
一處悲
如此風光如此穢風清月白雨

悠〻本來自愛丘山好不管
人間冷暖愁茅屋四圍修竹
繞寒窗盡日碧雲浮誰知
幽興難長久依舊憑欄滯

泗流

答吳東邁夫子寄缶廬

集

缶翁生性自孤屼缶翁之氣

更鬱勃詩卷長留天地間曠

逸縱橫有奇骨嗟余讀書

生苦晚（余于一九二九年入昌明 缶翁于一九二八年逝世）仰止

之情空款款遺集寄我千里

來開卷窗前春風滿人生何
事日相逐龜月春風易反覆但
願天地長清肅白雲四圍三間
屋修竹叢中日日讀

招友人春遊

四山多亂風雨急人生難得長
相集入愁出愁亦何爲狂歌
翻笑杜陵泥吾鄉自古風光好

南有羣峰北有長江之孤島二月
正當春氣新菜花滿地無煩惱
我欲出遊苦無偶日日枯坐白雲
慵詩以招君君來否孤松亭下

日翹首

廬山雲霧茶寄黃賓虹

夫子

雲霧由來浪得名匡廬春色

正初萌摘來遠寄黃夫子自有

清風習習光

别青原山

去年我來青原寺桂花滿地

動鄉思今年我去青原山棲
子片片石擱間人生自古誰為
別名山之去蓋愁絕來時澗
水如鳴琴別後流泉空嗚咽

誰爲驅之來誰爲使之去去
住不由人無家歸何處中原
血染江流丹千里逃亡淚未
乾自謂青原堪避世竹林畏

伴夜吟寒待月橋前從此別
子規催人淚似血山中草木
本無情日夕相思向誰說
避難青原山敘杜陵七

歌體

門前四壁盡龜草毒蟲惡

蟻不可掃同行六人四人病滿

屋呻吟聲噪〻地僻更無買

藥錢生死由命復何道嗚呼
一歌兮百憂橫夜長鄰雞不
肯鳴
有嫂有嫂頭已白癡兒早去

事兵革長江烽火遠連天日
望歸來守舊宅我走之時不
肯行全家分散各山澤嗚呼
二歌兮歌聲急天涯何日重

相聚

有姪有姪事農圃敵人慘殺

荒郊路模糊血肉無人瘞渺

渺遊魂朝復暮我欲招之向

天哭猶恐傳聞有遺誤嗚呼
三歌兮夜何長鄰里為我共
悲傷
十萬雄兵守要塞馬當淪陷

在頃刻舊遊親故幾多人各
自奔逃顧不得誰遭殺戮
誰存在音信斷絶無消息嗚
呼四歌兮我何言月黑風凄聽

夜猿

薪桂米珠處處同呼兒且往
深山中松枝嚴禁不敢伐刀
斧直向荊棘叢兩手血出痛

不止含悲忍淚對龝風嗚呼
五歌兮雞始唱山澗寒泉聲
浪浪
青原刼後少宅宇荒村破落

不曾補壁上窗牖無門板
夜半狂風吹滿戶病中被薄
不成眠鬼哭依稀在後圃
嗚呼六歌兮歌徬徨何日舟行

歸故鄉

杜陵杜陵去已久富貴于公
復何有詩卷長留天地間
淚痕空滴千龝後傷心我何

不同時凄悲慘悒向誰訴嗚

呼七歌兮歌兮不得殘燈不明

天地黑

陶博吾行楷诗稿释文

鳜鱼图

不读诗书不种田，一竿来往大江边。鳜鱼钓得二三尾，又有残春买酒钱。

水仙牡丹

移来牡丹如盆大，又买水仙傍石头。颜色不同天赋予，深红洁白各千秋。

雪夜感怀兼寄总校同仁

七年未上先人墓，千里谁怜行路难。满眼荒丘埋雨雪，全家瘦骨共饥寒。诗画敢说千秋后，奔走曾无半亩宽。旧友音书何日到，危楼空望夜漫漫。

腊初，与翼予寻梅龙集寺，梅仅初萼。腊尽，余独往，则花已满树矣。而翼予远在永新，不能同赏，慨然有怀，因以见寄。

与君寻梅花未开，今日花开君已去。花开能有几多时，再来空见梅花树。始知人事多舛错，未若梅花有真乐。松为友兮竹为邻，风月何曾伤离索。窗前月冷忆君时，更忆梅花开满枝。梅既不解事，君来无定期。一夜东风吹石裂，愁怀何以慰相思。

此五十年前所作，当时与翼予寻梅古寺，吟诗和韵，乐何如之。今翼予远在台湾，不知尚健在否？人事沧桑，能不凄然？

瓜果图

微风自南来，园中瓜果熟。摘果市上【注：原文漏上字】卖，剖瓜以为粥。岂不慕膏粱，自甘居穷促。回首看饥民，日夕门前哭。

老头陀

老头陀，拜如来，蒲团打坐谋自在。刀兵杀戮浑不管，无室无家无挂碍。老头陀，快修行，快斋戒。倘能蜕化人身为飞鸟，翱翔长向九天外。巢居露宿，粟帛两忘，那时才得真自在。

示儿辈

余本出寒门，携儿事农圃。粗粝无兼味，衣服半褴褛。粗粝亦何为，褴褛亦何悲。安贫乐道者，在昔余多师。大雪黑夜来，狂风入败户。儿看食蕨人，乃知是真苦。

读杜甫诗有感

奔走不忘战死骨，流离长痛破山河。放情纵笔两千首，墨点无多泪点多。

参观八大山人书画展览

痛哭非时笑亦非，为僧为道两徘徊。任他墨点千行泪，难洗家亡国破悲。

匡庐积雪图

匡庐多古贤，往矣不可见。欲写匡庐诗，无由买笔砚。我餐匡庐雪，我饮匡庐冰。但愿冰消雪化洗尽匡庐尘，使我浑浑噩噩，不识不知，百年长卧匡庐云。

蔬笋图

莫厌园蔬无艳容，莫嫌山笋老而丑。此中一定有真味，耻说朱门酒肉臭。

园蔬山笋，斯亦足矣，朱门酒肉，锦衣玉食，岂吾辈贫困之士所能望其门墙耶。

醉石

石在虎爪崖下，距栗里约五里。溪水绕之，石上题迹多剥落。惟朱熹书『归去来馆』四字，尚明晰如新。

人醉石亦醉，人归石更痴。千秋万岁后，岂复有醒时。
未遇渊明前，可曾一醉否？问石石不语，溪水自长流。
我到此石上，来寻吐酒痕。酒痕不可见，啼泪洒荒村。【石上有耳迹吐酒痕，俱见《匡庐山志》】

伤时

曲曲栏干曲曲迷，秋阴漠漠雨凄凄。百家焚毁千家哭，尸满郊原血满溪。枫叶飘零黄菊冷，芦花萧瑟白云低。杜陵纵有伤时泪，满目荒凉无处啼。

放歌

渴饮匡庐之飞瀑，饥餐罗浮之香雪。男儿宁肯饥饿死，不向东风诉凄绝。春色昨夜来，桃李满园开。当时无限好，落地作尘埃。人生茫茫本如戏，尊中有酒须尽醉。荣枯得失身外事，士衡乃为多才累。

闲游【注：原文漏标题】

林烟蔽苍翠，楼阁半葱（茏）。云影藏飞鹤，溪声杂乱春。逢僧过古寺，采药上危峰。莫惜归来晚，山深月正浓。

咏史

汉帝伐匈奴，中原尽戈戟。雄兵数百万，所过无人迹。树上挂人头，树下遗骸积。血流草木腥，染尽黄河赤。谋臣奇策多，一鼓荡横逆。壮士凯旋归，金门赐玉帛。深夜起歌舞，酒浆浮仙液。九月秋风冷，暗暗月将夕。白露湿空林，寒光照荒宅。君臣乐未央，鬼哭在山泽。功高不补患，遗憾在简策。

同素吾泛舟菰湖

停桡不系舟，随风自来往。清菰碍行舟，索索发幽响。指点看前山，白鸟倏三两。映日自翻飞，迎风多轻爽。野鸟何幽闲，我亦无尘想。仰首一长啸，湖波尽浩漭。

幽居

园林日无事，柴门懒掩关。偶寻野老话，时向白云湾。翠竹岩前冷，青苔石上闲。归途暮烟隔，泉响满空山。

九月十四夜，同素吾饮小园中。踏月坐孤松下，流光万里，群动寂然，狂歌而返。各记以诗。

万籁沉沉自静寂，两人对酌山月白。秋深露冷不知寒，落叶满园声策策。酒酣耳热颜微酡，踏月环走发狂歌。兴高还来孤松下，万里银波夜若何。松月婆娑更皎洁，渔灯三两自明灭。静坐不闻有人声，惟见洲前芦荻雪。人生飘忽能几日，离别死亡殊惨慄。况复好景古无多，良辰几见此豪逸。君不见，仲尉诗句点染工，天寒绕屋生蒿蓬。又不见，荣公九十行带索，独坐鼓琴殊寂寞，如何辋川林塘幽，风清月白任遨游。华子冈前听犬吠，漪湖打桨逐飞鸥。人生适意而已矣，身后之名竟何与。孔丘盗跖俱尘埃，任他明月照何处。莫羡冯驩弹铗歌，莫学夷齐首阳死。但愿春秋多佳日，长此相携明月里。

病起作

一病累十日，强起殊疏散。满林落叶秋，风急鸟声缓。精神日以疲，腰肢日以懒。十日不携锄，瓜园草应满。

山行

一路疏篁绕径斜，漫山野菊互丛叠。淡烟暮霭悄无声，静坐枫林数落叶。

腊月十七日夜可亭禅师去后作

明月出松林，流光照郁蓊。萧萧北风劲，松摇月亦动。老僧殊静默，夜归碧云宅。何人共寂寥，独对梅花白。

踏雪漫兴

园林声寂寂，大雪翳黄昏。独步向何处，悠然绿水村。疏梅倚曲涧，白鸟宿沙墩。翻笑袁安拙，萧条自闭门。

忆观音洞寄同游诸君子

昔闻观音洞，幽险杳难攀。今日同探访，果在白云端。洞门如转硚，隐约疏篁里。斑斑苔藓生，依依垂葛藟。洞外何幽闲，洞中何凄寂。岩石何玲珑，流泉自点滴。蹬道百余步，扶壁入洞底。萧然一老僧，蒲团坐不起。携手入禅堂，煮茗更焚香。数声钟磬动，秋老暮山苍。韶光如流隙，人生真过客。胜游能几时，回首已陈迹。洞里泉自流，洞外云自碧。再来知何年，惆怅空愁积。

寡妇

寂寞肠空断，凄凉鬓乱垂。可怜魂去后，不见梦来时。屋漏悲风冷，天寒秋草衰。山中薇蕨尽，啼泪对孤儿。

杂感

满目狂风摧木叶，荒凉何处可栖迟。操戈处处天地暗，采蕨家家涕泪垂。纵有田园尽破落，任他骨肉亦分离。从今始信无净土，一处河山一处悲。

如此风光如此秋，风清月白两悠悠。本来自爱丘山好，不管人间冷暖愁。茅屋四围修竹绕，寒窗尽日碧云浮。谁知幽兴难长久，依旧凭栏涕泗流。

答吴东迈夫子寄缶庐集

缶翁生性自孤屼，缶翁之气更郁勃。诗卷长留天地间，旷逸纵横有奇骨。嗟余读书生苦晚（余于一九二九年入昌明，缶翁于一九二八年逝世），仰止之情空款款。遗集寄我千里来，开卷窗前春风满。人生何事日相逐，秋月春风易反覆。但愿天地长清肃，白云四围三间屋，修竹丛中日日读。

招友人春游

四山多乱风雨急，人生难得长相集。入愁出愁亦何为，狂歌翻笑杜陵泣。吾乡自古风光好，南有群峰，北有长江之孤岛。二月正当春气新，菜花满地无烦恼。我欲出游苦无偶，日日枯坐白云牖。诗以招君君来否？孤松亭下日翘首。

庐山云雾茶寄黄宾虹夫子

云雾由来浪得名，匡庐春色正初萌。摘来远寄黄夫子，自有清风习习生。

别青原山

去年我来青原寺，桂花满地动秋思。今年我去青原山，栀子片片石榴闲。人生自古难为别，名山之去益愁绝。来时涧水如鸣琴，别后流泉空呜咽。谁为驱之来，谁为使之去。去住不由人，无家归何处。中原血染江流丹，千里逃亡泪未干。自谓青原堪避世，竹林长伴夜吟寒。待月桥前从此别，子规催人泪似血。山中草木本无情，日夕相思向谁说。

避难青原山效杜陵七歌体

门前四壁尽秋草，毒虫恶蚁不可扫。同行六人四人病，满屋呻吟声噪噪。地僻更无买药钱，生死由命复何道。呜呼一歌兮百忧横，夜长邻鸡不肯鸣。

有嫂有嫂头已白，痴儿早去事兵革。长江烽火远连天，日望归来守旧宅。我走之时不肯行，全家分散各山泽。呜呼二歌兮歌声急，天涯何日重相聚。

有侄有侄事农圃，敌人惨杀荒郊路。模糊血肉无人瘗，渺渺游魂朝复暮。我欲祭之向天哭，犹恐传闻有遗误。呜呼三歌兮夜何长，邻里为我共悲伤。

十万雄兵守要塞，马当沦陷在顷刻。旧游亲故几多人，各自奔逃顾不得。谁遭杀戮谁存在，音信断绝无消息。呜呼四歌兮我何言，月黑风凄听夜猿。

薪桂米珠处处同，呼儿且往深山中。松枝严禁不敢伐，刀斧直向荆棘丛。两手血出痛不止，含悲忍泪对秋风。呜呼五歌兮鸡始唱，山涧寒泉声浪浪。

青原劫后少宅宇，荒村破落不曾补。壁上窗牖无门板，夜半狂风吹满户。病中被薄不成眠，鬼哭依稀在后圃。呜呼六歌兮歌彷徨，何日舟行归故乡。

杜陵杜陵去已久，富贵于公复何有。诗卷长留天地间，泪痕空滴千秋后。伤心我何不同时，凄悲惨怛向谁剖。呜呼七歌兮歌不得，残灯不明天地黑。

出版后记

受陶博吾先生家属委托并授权，我有幸为先生效力，借此机会为先生说几句话。

先生长寿且勤奋，著述颇丰。其作品大致可分为著述和书画两类。著述类包括《博吾诗存》《博吾词存》《题画诗抄》《博吾联存》《陶博吾行楷诗稿》《散氏盘铭集联》《石鼓文集联》《陶博吾诗词选》《博吾随笔》《习篆一径》十种。这些作品又可细分为三类：第一类书文并茂，如《博吾联存》《石鼓文集联》《散氏盘铭集联》《陶博吾行楷诗稿》，这四部作品既体现了先生的书法艺术，又是不错的文学作品。第二类包括《博吾诗存》《博吾词存》《陶博吾诗词选》《题画诗抄》，系纯粹的文学作品，书法是次要的。第三类比较特殊，是先生的散文集《博吾随笔》及学术著作《习篆一径》。

此前，先生的出版物极少。严格意义上说，迄今为止，先生自己确认出版的只有《石鼓文集联》，由广西美术出版社出版，全书仅一百余页。广西美术出版社还出版过先生的《习篆一径》，但未用先生原稿，面目全非。所以，此次出版别具意义——先生的文学作品首次公开面世！本次出版的书稿悉由先生家属提供，皆为先生自己珍藏的手写本，其真实性、权威性、完整性毋庸置疑。

由于先生在世之日有『《随笔》和《陶博吾诗词选》暂不出版』之遗训，所以我们选择了《博吾诗存》《题画诗抄》《博吾联存》和《陶博吾行楷诗稿》先行出版，姑且署名《陶博吾诗文墨迹》。

本次出版我未加注释是基于两个原因：客观上是近年来我为出版先生作品四处奔波，身心俱疲，深感力不从心。主观上是我受古人影响，比如前人在论及杜甫时说：『其诗不可注，亦不必注。何也？公原本忠孝，根柢经史，沉酣于百家六艺之书，穷天地民物古今之变，历山川兵火治乱兴衰之迹，一官废黜，万里饥驱，平生感愤愁苦之况，一一托之歌诗，以涵泳其性情，发挥其才智；后人未读公所读之书，未历公所历之境，徒事管窥蠡测，穿凿附会，刺刺不休，自矜援引浩博，真同痴人说梦，于古人以意逆志之义，毫无当也。此公诗之不可注也。』【注】此话虽有偏激之嫌，但我还是心生敬畏，不敢贸然。好在历史不远，况且先生之诗深入浅出，明白如话，所以注释之功，有待于来日，并寄厚望于高明。

《博吾诗存》是先生最重要的作品，辑录了先生上世纪二十年代至八十年代的诗歌八十首，含『田园』和『逃亡』两大主题。『田园』是先生一九三八年以前的生活写照，恬淡、安逸，内容有爱情和友谊。『逃亡』是写抗战爆发后先生举家逃亡避难时期的所见所闻，堪称中华历史上的『泣血篇』。

《题画诗抄》共辑录先生的题画诗一百三十首。这些诗乃是先生信手所作，轻松自然，诙谐幽默，貌似打油却内藏机锋，且不失典雅。

先生留有楹联三百余副，许多见诸国内名胜。《博吾联存》共收先生自书自拟楹联九十七副，这不唯在中国书法史上罕见，即便在文学史上也属凤毛麟角。先生在自序中对楹联的基本特征和功能做了概括和论述，这是先生对中国文化的特殊贡献。这本联集充分体现了先生的智慧，可谓字字珠玑。先生的艺术特征是藏巧露拙，所以这些楹联看似平常，须仔细品味方能得其真味。

《陶博吾行楷诗稿》较为特别，其内容与《博吾诗存》《题画诗抄》略有重复。先生对这部诗稿自我评价颇高，充满自信。

先生困苦一生，虽无仕身，却常怀仕心，这是先生最可贵之处！君子居其室，出其言善，则千里之外应之，所以关注先生之人日渐增多。前人称李、杜『光掩前人，后无继者』，此语极端，若改作『光比前人，后少继者』则先生庶几可以当之。当然，现在评价先生的总体成就为时尚早，只有待先生作品全部面世，则世人自有公论。

【注】《杜诗镜诠》毕沅序

晚学赵感鹤二零一三年四月二十六日于豫章静风楼

图书在版编目（CIP）数据

行楷诗稿／赵感鹤主编．—南昌：江西美术出版社，2013.10
（陶博吾诗文墨迹）
ISBN 978-7-5480-2496-5

Ⅰ．①行… Ⅱ．①赵… Ⅲ．①诗集－中国－当代②行楷－法书－作品集－中国－现代 Ⅳ．①I227②J292.28

中国版本图书馆CIP数据核字(2013)第248327号

策 划◎陶卫强 赵感鹤
责任编辑◎韩建武 刘 滟
特约校对◎陈 骥
勘 校◎熊盛元

陶博吾诗文墨迹·行楷诗稿
主编：赵感鹤
江西美术出版社出版发行
（南昌市子安路66号江美大厦）
邮编：330025 电话：0791-86566329
全国新华书店经销
制版：江美数码印刷制版有限公司
印刷：江西印刷股份有限公司
2013年10月第1版
2013年10月第1次印刷
开本：787mm×1092mm 1/12
印张：7.5
印数：1—3000
ISBN 978-7-5480-2496-5
定价：贰拾陆元整
赣版权登字-06-2013-557